바람이 흐른다

바람이 흐른다

박세영 시집

문학들

시인의 말

끊임없이 창궐하는 바이러스 질환으로 인하여
거리를 둘 수밖에 없는 안타까운 현실

삶과 죽음의 경계에 놓인
유한한 인간의 생명을 자각한다

자연의 섭리를 벗어날 수 없기에
한층 아름다운 생명의 꽃을 피우기 위하여

눈물 속에서도 어려움을 이겨 나가는 모든 이에게
마음속에 담아 둔 한 편의 시를 전한다

2020년 빛고을 광주
박세영

차례

제2부

제1부

시무지기 폭포

암흑에 갇힌 대지를 거두어
찬란한 오색의 골
물길을 만든다
비가 거세면
보란 듯이
감싼다
더욱
흰

바람이 흐른다

끝은 어디일까

바람은 불고 물은 흐른다
수채화를 그리는 지구 숲속

숨 쉴 틈 없이
에너지를 생성하는 세포로 심장은
뛰고 걷는다
용암은
돌이 되어 흙이 되어 먼지가 되어
사라진다

보이지 않는 보폭의 숨결
원소기호는 생명의 골격이 되어
무생물이 움직인다 활동한다
모든 게 살아 있다

움직임의 끝은 어디일까

내가 가려고 하는
사유의
늪

바람이 흐른다

해거름 바다 거울에 비친

컬컬 잠잠하다 바람결에 매달려
폰 속의 음성 나지막이 외줄을 탄다
울퉁불퉁 신작로를 달리는 듯
아무렇지도 않다며 스스로
어찌할 수 없는 선고에 무기력하다
뒷근심이 사뭇 애처롭다
어찌 알았겠는가
청청한 눈을 한순간 흩트려 버린 그림자
암세포, 가슴을 우빈다
별나게 반짝이던 머릿결의 아미
수평선에 다가가 해거름 바다 거울에 비친
꽃노을 하나를 탐하는 것인가
난경을 이겨 내리라
악상이 눈앞을 가리더라도
낯선 세포를 극복하리라
눈물에 씻기리라 모든 게 씻겨 가리라

호접란

진료 대기실
적적히 자리한 도자기 화분에서
살포시 보랏빛 미소 내민 호접란
살랑대는 손짓에도
다들 아파서 겨를이 없구나

긴 목을 늘어뜨린 이읊에
나를 알음하는 딱 한 사람의
보드라운 인정
갈망했던 링거 줄의 은빛 구슬 세례
외로운 갈증이 가신다

외진 곳에서 들려오는 신음
황량한 모래흙에 깊이 뿌리를 내려도
기근에 시달려 고개 떨군 지음知音
물관이 막히는지 뿌리골무가 터지는지
구호의 손길 더 이상 닿지 않아

폭풍의 입

불 밝힌 조명 아래
새하얀 선드레스가 반짝인다
비발디의 글로리아 12개의 악장
힘찬 지휘에 한 치의 오차 없는
오케스트라의 선율

살랑거리는 바람에 날리는 듯한
서정적인 아리아와
때로는 일치단결한 장엄한 폭풍의 입이 되어
소프라노 독주에 음률을 탄 말초신경은
나의 플루트 연주를 떠올린다

행여나 실수할까 마음을 졸이는 듯
어쩌면 멀리서 바라보는 당신 앞에
결점이 드러날까 두려운 듯
소프라노의 파도에 휩쓸려 가는
나의 눈 나의 귀 나의 심장

밤새 쓸어내리던 고통

요추에 가했던 의학은 충격파로 남아

불안한 심자극의 전도가 되어

끊임없이 탈분극과 재분극을 일으키고

두터웠던 젊은 성벽이 한순간 무너져

눈물을 움키던 그때

선봉인 듯 들려오는 소프라노의 비브라토는

내 심연의 여향이 되어

비 오는 날, 강가에서

비가 온다 카놀라유
달궈진 팬 위로 엉겨 붙었던 길을 연다
잘근잘근 썰린 야채
돌담을 쌓아 에둘러친 우울
익반죽을 치대며 빗살켜 걷어 낸다

흐르는 강물의 파편 속으로
긴장한 사내 풀어헤치고
붉은 노을이 끊임없이 제 몸을 불사를 때
석쇠무늬에 납작 엮인 시간 녹아내리니
함께한 마음 서서히 달궈진다

강바람에 실린 빗방울은
불안한 찻잔 속으로 포슬포슬 튀어 올라
잔잔한 위로의 덕담으로 이어 주니
심술은 강둑 아래로 기어들고
식탁에 둥근 달덩이 내려앉는다

얼굴마다 한가득 붉다

미소를 머금고 마주 앉아

누가 먼저랄 것 없이 은은한 달빛에 결박되어

부침개 한 잎 두 잎

고요의 빈 접시 채워 간다

좌판대에 앉아

좌판대에 앉아 뙤약볕에서 머리에 붙인 값표 아래
몸을 숨긴다

수박, 바나나, 자두, 참외, 포도, 복숭아, 사과
한 봉지에 오천 원, 만 원

이 열 횡대로 줄을 선 계급
과일 주변을 서성거리는 눈빛들

날카로이 잘린 연한 속살이 드러나자
먼저 내민 손길에 조각조각 무뎌지고

우르르 한 봉지씩 잘도 팔려 나간다
맛과 멋을 아는 주인 앞에서 고개를 끄덕인다

검은 비닐봉지조차 푸짐한 것부터 날개 돋친 듯
전투 모자에 말뚱을 단 노장 수박은 뒷짐 지고

－자잘한 것들 무더기로 떠날 때
마지막까지 주인을 사수할 거여

진정한 땅 주인

푸른 교정 잔디 위에 흐릿한
점, 망막세포 레이더에 포착되었다

부지런히 돈다
초점을 맞추어 응시한 순간
왜 이리 빠른가

보이지 않게 미끄러지듯
서로 교신하는지 모였다 사라진다
검은 엉덩이가 하얗다

먹잇감에 빠졌는지
오물이 묻었는지

휴강한 틈을 타 운동장이
활기차다 진정한 땅 주인,
흙을 파고 수레를 끌며 땀을 흘린다

텅 빈 무대를 활보하는 일개미의
꿈, 밟힐 염려가 없으리라
더듬이를 앞세우고 허리를 조여

토끼처럼 달린다
잔디가 까맣게 둑을 이루니
발을 떼기가 조심스럽다

우주목

쌍둥이 나란히 눈을 뜬다

머리를 내민다
가느다란 몸피 서로 기대어
조글조글하다

출생지가 잘못되었네
끝없이 우주를 향한 아프리카에서
마음껏 뿌리를 늘어뜨리며
덧얽혀야 할 보금자리를 두고서

한 뼘도 안 되게 구속되어
얽매이다니
머리끝에 빨판을 이고서도
생존을 위해 애달은 흔적 없구나

다락방에서 태어났으니
서러운 아픔을 거두고 살아야 할

생이여

그래야만 그대는 우주의 별꽃이 되어
다시 피어날 것 아닌가

얌체

속도제한 30km/h
어린이 보호구역에 정차하는 트럭
따라오던 차들, 붉으락푸르락

교통 카메라가 눈을 돌리니
스르륵 빠져나간다

세포벽을 뚫고

붙임줄과 이음줄 쉼표 따라
앞서거니 뒤서거니
숲속의 거친 숨소리가 솔바람을 타고
가파른 길을 오른다

발자국은 서로를 듣지 못하고 멀어진다
폐활량 따라
에너지 대사량 따라
푸르디푸른 댓잎과 솔잎 사각댄다

응원하던 숲속 노란 단풍의 고요
생명의 유선을 파고든 침입자의 괴멸에
붉은 눈물을 떨군다
변형된 세포로 뒤틀린 우울한 매듭

질병의 종점에 다가선
인내의 발자국
세포벽을 뚫고 독성을 남긴
눈물 위를 걷는다

소통의 터널

걷어붙인 팔 너무
이기적이라 하지 마소
지금 열심히 돌아보고 있다네

나의 음성을 듣고자 할수록
타인과 소통하기 힘들다오
택시 한구석에 앉아

마지막 한 마디의 전파全波
시간을 우물 안에 가두고
고독한 어둠에서 뛰쳐나와

팔방을 에워싼 유리 벽 너머
소통의 터널 끝에 다다르면 비로소
시간의 흐름에 몸을 맡길 거니까

신안 앞바다에서

신안 앞바다에서
뼈세게 파닥거리며 날뛰는 민어

찰랑이는 철갑인지 윤슬의 파편인지
튀어 오르는 옥안玉顔

뜻을 펼치지 못할까 봐
파도를 헤치며 달린다

거대한 망라를 뚫고
어둠에서 솟구치며 입을 벌린다

태양을 거머쥐기 위해

생生

새벽을 깨우는 이른 바람에
달린다 물소리 샘솟는다
곱상한 물의 일렁임 곧추 뜻을 펴고

햇살에 굳센 마음 다독여
둘레마다 푸른 희망을 두른 채
굴곡진 생을 펼쳐 나간다

눈부시게 반짝이는 물결의 찬란
끊임없이 흔들려도 골이 패여도
마음 고요하다 아랑곳하지 않는다

제2부

방어

맵찬 바람을 뚫고 포장마차 안으로
은백색 속살을 자랑하며 납작 엎드린 방어란 놈
거북목으로 바라본다

형님, 쫀득하고 찰진 것이 혀에 착 달라붙네요

소맥과 뒹굴다 전신 혈관을 헤엄치더니
신종 바이러스보다 먼저 진을 치는 방어
화끈한 소통으로 엔도르핀(endorphin)을 생산하며
방어는 방어를 준비하니

한파는 이제 끝이다

코로나 땜에

겁나게 오래되었어 어깨가 뜨거와
나가도 못하고 몽그작몽그작
아랫목에다 지대도 아프고
벽에다 지대면 요런 데가 이상해라

아고 하루씩 넘길라믄
코로나 땜에 며칠 지다렸어
맥없이 질게 가요 다른 데선 꺽정 말라고
또 괜찮다고 그렁께

테레비 볼라꼬 요렇게 하면 귀가 눌러져불어
그렁께 세상 성가시네 머리가 두루숭숭하니
밤나 누웠응께 더 긍가비요
앙거 있으면 허리 아프고

어째 쪼까 많이 주시요
올라서믄 여근지 저근지 잘 모르것당께라
박내과가 여기지라 찾들 못하거써

글 안하게 처방해 주셔라

숫자 0

수학 시간
코로나19 바이러스가 만든 교실
한 명의 확진자는 또 다른 확진자를 낳고
격리자의 수와 함께 날짜별로 증가한다
산술적 직선에서 수학적 곡선으로 옮겨 가며
기하급수적 그래프를 보였다
바이러스 입자가 인간에게 침투하여
기생충도 아닌 것이 기생하다
복제 능력을 발휘한다 순식간에
지구를 지배하는 전투력이 압권이다
보이기라도 하면
권투, 태권도, 합기도 등등의 유단자들이
한 방 날려 주고 싶건만 보이지 않는
뿔 달린 머리채를 꺼두르러
전자현미경으로 보듯 쳐들어간다
항바이러스 치료제를 싣고 보이지 않는
나노 입자의 스텔스 전투기로 변신하여
모세혈관으로 잠입한다

눈에는 눈, 이에는 이
코로나 은신처의 세포에 투하한다
그래프의 전세는 한풀 꺾이고
곤두박질친다
제일 중요한 숫자를 보여 준다
환자도 질병도 없는
어둠의 존재가 사라지는 소중한 순간을

퍼즐 게임

얼룩진다
환한 얼굴이 밤빛이다 어둠으로 가라앉는다
덩달아 움츠린 고슴도치, 굴만 판다
빛을 보고 싶지 않은 듯, 어둠만 판다
비정상의 세상 코로나 바이러스의 역습

삶과 죽음의 경계
현미경적 전투를 벌이던
무증상의 시간
부글부글 끓던 주전자의 뚜껑
물 위를 튀어 오르는 듯한 고열

호흡기로 들어간 바이러스가
기도의 섬모 세포를 융단폭격하여
잿더미를 끌어낸다 무기력하다
패장이 되어 아무도 연락 닿지 않는
격리, 음압 병동

외롭고 하얀 독실에서
정맥으로 주입되는 고통스러운 방울의 침투
호흡이 가빠 오고 흐르는 눈물 방호복을 흠뻑 적신다
끝없는 투혼에 손발 적셔 가냘픈 링거 줄에
매달리는 생명, 거미가 되어

아, 살아 있는 슬픔이여 죽음이여
악몽에서 벗어나자, 항바이러스제의 퍼즐 게임
면역 체계에 희망을 덧씌워
얼룩진 반점을 지워 내자
어둠의 커튼을 열어젖히자

외계인이 되어

비말이 튈까
음압 병동에 침대 간격을 둔다
방호복을 입고 고글과 덧신으로 중무장한 의료진
느릿한 몸놀림이 어색하다

비인두에서 검체를 채취하며
행여나 위음성 판정이 나올까
감염 확진에 매진한다
생물학적 테러가 생긴 것도 아닌데
방역을 위해 혼신을 다한다

호흡기 감염 침투의 최전선에서
생명을 위한 방어
생태계를 교란시키니
왕관을 쓴 바이러스가 지구를 휘젓는다

푸른 유리구슬처럼 빛나는
우주에서 바라본 지구

지금 이 시간

그라목손, 너와는

푸른 바둑판의 농토로 바꾸기 위한
모내기에 비지땀을 흘린다
한잔 생각이 들었는지 갈증으로
타들어 간 몸은 탈수되어 삼투압이 높다

논두렁 끄트머리에 진열된 소주, 맥주, 막걸리
다른 독별난 병들
인체는 긴 물통
채워야 돈다

작은 병을 벌컥 들이켠다
그 맛이 아닌데
아차 때는 이미 늦었다
흘러 들어간

한 모금은 구강을 지나
매끈한 식도를 파헤쳐 고랑을 만들고
혈흔을 남기며

위로 전진

놀란 사이렌 소리 숨 가삐 달린다
응급실 침대 위에 덜러덩 나자빠진 물통 안으로
밀물과 썰물이 되어
위를 몇 바퀴 훑고 세척된다

처량한 들숨과 날숨
생과 사의 갈림길에서
다발성 궤양으로 천공이 될 뻔한 위와 식도
그라목손, 너와는 이제 끝났다

방광염

소변을 겁나게 자주로 보고
뜨겁고 아프고 어짜 쓸까요

징그러워요 병은 자랑해야 쓴다고
힘들어서 할 수 없이 왔소

오메 내가 뭔 죄일까이
그것 아니어도 아픈 곳 천지인디

아따 뭔 일인지 모르것당께
며칠 되었소 웬만하면 안 올라 했는디

죽것소 음식을 많이 안 먹는데
소변이 어디서 그렇게 나온가 몰라

며느리한테 말도 안 해 봤소
부끄러워 별꼴이요 무릎도 다리도 아픈데

금방 누고 왔는디 소변검사 해야된당께

또 봐 볼라요

3일 후, 고놈 참 죽이는 약이네

쪼까 먹고 낭께 금방 나서 불었당께

1인 2매

꼬리를 문다
생태계 먹이사슬의 최정점에 있는 인간이
무엇을 하고 있는가

이른 새벽 약국 앞에서 줄을 선다
끼니보다 더 중요해진 마스크 구입을 위해
일차 방어를 위해

1인 2매만 드려요

황사가 하늘의 지붕을
두 쪽으로 갈라놓았을 때에도 찾았던 마스크
대유행을 일으켰다

바이러스가 변이와 복제를 할 때마다
마스크도 KF80, KF94로 대응한다
이젠 필수품이 되었다

행여나 숨어 있을
비말 안의 코로나 바이러스를 의식하며
패션이 된 마스크를 쓰고

손등을 내민다 접촉감염을 차단하고자
보이는 주먹, 닿을락 말락
지역사회감염으로 인한 또 다른 풍속

전라全裸

비상, 중국 우한은 물론 세계 전역이 들썩이고
사망자가 파죽지세다
국내 공항은 입국 심사로 골머리를 앓고
병원 감염병 관리팀은 총출동이다

방송 매체는 실시간 안전조치 요령을 반복한다
무증상인 우한 거주 교민을 위해 항공편을 띄우고
능동 감시를 위한 거주지 확보에 부산하다
세계보건기구도 나섰다

그런데 그때
선거철을 앞둔 아우성
인신공격이 최악을 치닫고
지역단체와 개인의 이기심이 팽배한 때

신종 바이러스의 급박한 출현
코로나가 변이를 일으키며
인수공통감염으로부터 지역사회감염까지

지구인들 아수라장

누구의 잘못인가
위로를 받아야 할 길을 막아서서
발 벗고 나선 전라全裸의 노력을
허사로 만들 것인가

휴교령

미국 테네시주에 몰아친 토네이도
지붕을 쓸어 간다 헤어나지 못한 파편 더미
뛰쳐나온 주민들이 사뭇 비장하다

감염 사실조차 슬그머니
확진 도장을 찍어 격리를 부추기는
코로나19 바이러스, 전국을 점령해 간다

꺾일 줄 모르는 회오리바람
위험에 노출된 채 아수라장이다
허공을 내딛는 우울한 조각들

방어용 마스크를 구하려는 잰걸음
줄을 선 대기자는 확진자가 되어
겨를도 없이 공포 안에 갇힌다

퍼붓는 뇌우에 피난 줄은 꼬이고
신종 바이러스의 겁난 도전에 속수무책

지구에 휴교령의 백기가 오른다

팬데믹

웃고 있던 아이도 모르게 숨소리도 모르게
틈새를 잠입한다
증상도 없이 세간을 떠돌다 남긴 비말은
허공을 내딛다 호흡기로 침투했다
무방비의 환자를 넘어 진료 의사마저도

유라시아와 아메리카 대륙으로 날개를 달고
스텔스 기술을 연마하여 레이더 탐지도 무력화한 듯
방역의 망을 뚫고 뻗어 나가는
누구 하나 가까이 못 하게 가로막는
코로나 바이러스

쓰러져 가는 환자들
2미터 거리 두기는 사회적 거리 두기로
마스크에 갇힌 세상
쇼윈도 너머로 멀어져만 가는 그리움

감염의 확산세가 꺾일 듯한데

다시 유입되는 해외발 코로나19

팬데믹의 공포

한산한 거리에 일자리를 상실한 얼굴이 하얗게 질린다

격리

뉴스거리로만 듣다가
갑작스런 비보를 접한 확진자
중국 후베이성 간 적 없고
KTX 노선을 달렸을 뿐인데

제아무리 주의하고
발 빠르게 손 씻어도
가차 없이 증식한다

업무를 위한 생계를 위한
불가피한 접촉
이렇다 할 증상이 없어도
감염 확진 판정을 받은 이상

사회로부터 격리되어
미로의 예정 없는 터널
암흑행 열차에 수용된다

뛰쳐나가고 싶어도
마음껏 날고 싶어도
격리 조치에 묶였다

네 마음 안의 호흡곤란
하염없는 시간 동안
치명적인 수인囚人이 되어
이루 말할 수 없다

신종이라는 이름으로

거미줄을 타는 듯 해외로 내리 뻗친다
호흡기 비말로는 기껏해야 멀리뛰기 2미터
세계지도를 보고 인터넷망에 뛰어올라
에어로졸로 변신하여 가벼이 전파한다
세계보건기구에서 제아무리 검역해도
무증상으로 기습한다
신종 코로나바이러스 감염증이라 했다나
나의 변이로 잠입한다
멸종하지 않았음을 드러낸다
잠잠해야 할
공존의 세계를 들쑤셔 놓았으니
기후변화로 파괴했으니

일상을 향하여

자전과 공전으로 늘 돌고 있어도
현훈 없이 잘 살아오지 않았던가
누구에게나 공평하게

신종 코로나의 갑작스러운 공격으로
허우적거리며 되돌아보게 되는
생태계의 인위적 교란

사투를 벌인다 긴급 재난으로
경기 부양을 위한 헬리콥터 드롭까지
도움의 손길에도 두려움이 앞선다

코로나19가 상승기류를 타면서
오대양 육대주를 누빈다
사회 활동을 마비시키는 충격파

메니에르 증후군으로
평형감각을 잃어버린 시간들
바닥을 딛고 일어선다

이제 처방전 나와요

잘 돌아가던 프린터의 심술인지
어라, 진료실 컴퓨터 마우스를 클릭해도
처방전은 더 이상 말이 없다
인터넷 원격 지원 요청으로 한숨 돌리며
다음 환자의 진료다

또다시 처방전 발급 실패
며칠 전에도 조짐은 있었다
설마 했는데 한 대 얻어맞아 찌그러진
양은 냄비가 되어
치미는 울화에 벌겋게 달아오른다

컴퓨터 업체와 프로그램 담당자에게 SOS
하드웨어와 소프트웨어가 만나야 한다
겉과 속이 같은지 다른지
상급 병원으로의 진료 의뢰 시스템이 있듯이
원인 발견을 위해 다각도로 살핀다

내과적인지 외과적인지
컴퓨터에게 보내는 유화적 제스처
답답한 마음은 이내 누그러들고
의사의 손놀림은 컴퓨터와 한몸이 되어
꼭 맞는 멋진 처방전을 물고 나온다

제3부

몽골 가는 길·1

2019-07-30
무안출발/울란바토르도착,7C5585편
울란바토르공항의기상악화로지연됨을
알려드립니다이용에불편을끼쳐드려
죄송합니다더편하고안전하게모시겠습니다

시끌버끌
출발도 못하면 어찌하랴
휴가 기간을 갉아먹고 있는 공항 시계

하늘을 우러러본다
공항을 살피는 구름과 바람
하늘길을 부탁해

몽골 가는 길·2

회색 물감이 퍼져 나가는 하늘길에
운명을 맡긴다 탑승 수속을 밟긴 하나
비행기 창밖엔 굳은 얼굴만 비추인다
무안의 황토밭과 푸른 바다를 지날 시간

프로펠러는 몽골 가는 기분을 돌리고
고도를 올려 간다 마음속 안개가 서서히 걷히자
거대한 산맥이 펼쳐진다
맑은 하늘빛 물감 한 방울을 더했다

지대가 높아 근접 비행하는 듯 간간이 펼쳐지는
집터, 안색이 변하는 듯 지형 색도 변해 간다
황량한 갈색 대지 사이로
파아란 저수지가 눈에 띈다

뭉실거리는 구름은 형체를 바꿔 가며 재롱을 부린다
러시아에서 넘어 온 잿빛 바람에
비행 물체를 반기고 싶지 않았겠지만

붉은 태양이 보내온 강렬한 손짓으로

발급받은 하늘길 통행 허가증
안내 방송의 목소리가 상큼하다
웅크린 가슴에 흰 구름 피어난다
드넓은 초록빛 초원을 마음껏 달려 보자

춤추는 몽골 게르

끝없는 푸른 초원
풀을 뜯는 말과 양 떼들이 어슬렁어슬렁
몸을 흔들며 쌓인 긴장을 턴다
하얀 모자 눌러쓰고 허리띠를 조른
게르 안의 원형 불빛 아래
잠에서 깨어나 허기가 진

난로가 밤 추위를 녹이려
마른 장작더미를 한입에 머금고
타오르는 욕망을 지붕 위로 내뿜는다
타닥거리는 불덩이 속의 감자
두꺼운 은빛 외투를 벗으며
굳어진 마음을 풀어낸다

어둠이 품은 빨간 마음의 게르
하늘에 숨어 있던 별들은 구름 사이로
얼굴을 내밀기 시작한다
보초를 선 가로등이 눈빛을 보내자

게르에서 새어 나온 빨간 불빛은
아무도 보지 않는 틈을 타

별빛과 손을 잡는다
이제 빛의 세상이다
별빛, 불빛, 눈빛
밤하늘을 수놓은 은하수는
초원을 밝히는 게르 캠프와 맞닿아
덩실덩실 춤을 춘다

마두금을 옆에 끼고

옥구슬 굴러간다
후두에 여러 개의 돌계단을 쌓아 올린 듯
튕겨 나간 모래알이 평원의 바람에 휩싸여
구멍 뚫린 하늘로 치닫는다

울타리 안에서 배회하던 망아지가
미처 틀어막지 못한 틈으로 뛰쳐나가
울부짖으며 달린다
다시 돌아올 수 있을까

번들거리는 갈색 갈기
너르디너른 대퇴부 근육이 날쌔다
큰 눈망울 아래 애매하게 벌려
새어 나온 몇 갈래의 소리

멈춰 서며 뒤돌아선 말은
마두금을 흉내 내는 소리인지
히히힝 가락을 타며

황야와 푸른 초원을 누빈다

길 잃은 망아지가 타향살이로 서러워
향수의 그리움에 가족 품을 찾아
끝없이 바람을 가른다
말을 타고 마두금을 타고 성대에 올라타며

엄마를 애타게 부르는 초원 위의
구슬픈 음성
마두금의 박자 따라 양떼구름 위에 올라
고비사막까지 퍼져 나간다

말에 얽힌 사랑

선두 말에 올라탄 담대한 여학생
세 마리 고삐 쥐고 초원을 지휘한다
능란한 몸놀림에 웃음, 키득 키드득

갈기를 부비는 두 마리 말 위에서
드럽헤진 안장을 부여잡은 부부
세상 중심 잡느라 진땀을 뺀다

말에 뒤질세라 눈빛으로 교감하며
따각따그닥 말발굽 몽골 장단에
이리 흔들 저리 흔들, 오뚝이 사랑

반전

카메라 앞에서

노란 수술과 빨간 암술이
아리따운 꽃잎을 제치고
비비 꼬며 나온다

배경은 인물 사진

무등산은 벌써

무더위가 막바지
아직도 검푸른 산림 속
나무 끝에 물든 붉은 낙엽

떼지 못한 눈길 돌린 한편엔
태풍에 얻어맞은 듯 쓰러져 메마른
똠방헌 껍질 위의 노랑망태버섯

독이 오른 듯 약이 오른 듯
시간의 흐름을 한탄하며
심술궂게 쳐다본다

풍경

무등산을 부지런히 오른다
말끔한 도로를 지나 메마른 수풀을 지나
질퍽질퍽한 흙길까지 걷는다

주위를 두리번두리번
드문드문 지나는 등산객
소리 내어 외치는 계곡 물살

다소곳이 얼굴 내민 야생화
자연스레 모난 돌과 바위들 사이로
다종다양한 나무들이 반긴다

금방이라도 쓰러질 듯한 솟대 위에
안식처라도 된 것인 양
자는지 조는지 앉아 있는 잠자리들

맑은 하늘을 시샘하듯 저 밑에선
먹장구름이 부지런히 올라온다
대세는 맑은 하늘이다

한 잔의 술을 맞대고

소망했던 일들, 한 아름 보듬을
추석이 왔다
오곡백과 상차림에
가족 친척 모여 앉아 나누는 정담

백두산 천지로 솟아오른
마그마의 타오르는 불꽃은
한라산 백록담에 옮겨붙어
한반도가 오색 단풍이요, 금수강산

북녘에서 시작된 무지갯빛과
두 손 맞잡은 정상회담 소식은
어둠의 상처를 씻어 낼 평화의 기틀 되어
이산가족의 설움을 떨쳐 낸다

빛고을 환히 비춘 보름달 안에
강원도 산촌 마을의 떡방아 소리
백두산 불꽃 따라, 두 정상 손길 따라

한가위가 몇 번 더 다가와야

한 잔의 술을 맞대고 춤을 출까

무등산에서 한가위를

일 년 중 하루는 온 국민이 기다리는 한가위
도로마다 철길마다 거미줄을 친
얽힌 동맥과 모세혈관으로 뻗어 나간 행렬은
조직 세포에 이른다 가족과 친척에게로
보름달 아래 꿈꾸는 소망의 품으로

추석 명절엔 무등산이 굽어보는 된비알에서 성묘를 하고
나무와 갈대 사이를 누빈다 거친 바람에도 꺾이지 않고
나부끼는 깃털 같은 자유를 느끼며
구불구불 오른 가파른 돌계단은 단련의 사다리가 되어
한 땀 한 땀 내딛는 순간

큰 손에 이끌려, 춘당리 논두렁을 지나
큰댁으로 향한 잰걸음
검지와 중지 자국을 낸 송편을 물고
대추나무 흔들어 따던 여린 손
들떠 있던 마음의 발길

이미 가벼워졌다
확 트인 무등산 중봉에서
억새들과 물결 춤을 추며
빛고을을 내려다본다
변하지 않는 주상절리대와 함께

도공의 학

옥빛 물결 바닷바람은
강진 포구에 닻을 내리고

청명한 하늘 흰 구름은
고려청자 휘감는다

마을 어귀 가마터에선
흙을 채워 학의 무늬 만들고

억눌렸던 삶을
춤추며 날려 보낸다

상감의 어의로 떠오르는
기품의 날개 저어대는 학

훨훨 날아라
수평선 너머까지

다산의 숨결

유배의 행적 따라 머무는
남도의 발길
어둠을 뚫고서 깊은 뿌리를 내리고
흩어졌던 기운 끌어모아
언행일치의 싹을 틔운 다산

와열된 슬픔을 이겨 내고
느슨한 거문고까지도
배려의 줄감개 돌리던 손길과
해진 책 표지에 덧댄 정성
숨결을 느낀다 사의재 앞에서

카스텔라의 외출

파리바게트 안의 카스텔라가 움직인다
노란 티셔츠와 갈색 챙 모자로 각을 살린다

진열대에서 입맛 다시는 사람들
눈을 마주치자 한껏 부풀린다

세지만 않다면 웬만한 압력은 거뜬하다
계산을 마치고 들려 가는 꽃가마 안은 찜통

기운은 점차 흘러내리고
키 큰 냉장고 문이 열리자

살갗을 파고드는 서릿발이 새어 나온다
뾰족한 고드름이 침을 흘리며 반긴다

어둠 속에서 피곤함을 달래고
빛이 스며들자 테이블에 앉았다

맑은 눈망울 들썩이고
두툼한 혀로 어루만지니 마냥 기쁘다

나의 맛과 향
그대를 즐겁게 해 줄 수만 있다면

오동도 앞바다

잔잔한 LED 물결이 거세게 널뛴다
하늘을 지배하던 폭염도 다가오는
가을 앞에 무릎을 꿇었다

몰려오는 가을 태풍 타파
낯 뜨거운 기사들이 난무한 일본열도와
한반도를 향하여 다가올수록

태평양 바닷물을 힘찬 프로펠러로 일으킨
소용돌이에 빙글뱅글 독을 담는다
뜨거워진 혼미한 세상을 타파할

은빛 돔이 뜀틀 위를 돌며 착지하듯 이리저리
끝없이 휘젓고 바닷속 흙모래까지 뒤집은
앙금은 성난 파도에 부서진다

세상을 평정한 타파
앞서거니 뒤서거니 올망졸망 따라오는
산고, 가을바람을 낳았다

제4부

겨울 무등산

몸 안 어디선가 다스릴 그 무엇을 찾아 나선다
12월이 다 지나서인지 아메리카노 한 잔을
두 손으로 감싸고 하나같이 모락모락 피어나는 기운

부러운 듯 쳐다본다
뜨겁다 조금씩 넘긴다
흘러 들어간 한 모금은 긴 식도를 거치고

그래 부부지간에 나만 믿고 살라고 하기엔
당장은 남부럽지 않게 부여받은 천직의 수행을
꿋꿋이 다짐했지만 요추에 메스를 가했던 그날

미래는 암울했다
아슬아슬 줄타기하던 아내에게
압박은 갈등으로 커져만 갔다

굴곡진 세월의 능선마다 한 계단씩 올라간
아내의 승진, 따스한 온기가 퍼진다

추위가 살살 녹아내린다 응어리의 시간들

돌계단을 헛디뎠을 때 내민 손
낮엔 일터에서 밤엔 주방에서
여린 몸을 강철인 양 버티며 나를 응원했었지

신혼의 달콤함을 모른 채
비탈길에 오손도손 모여 있는 한 쌍의 참새
두리번거리다 날개를 펼친다

커피가 식어 간다
무등산 토끼등을 되돌릴 즈음 오르던 열기가 바짝,
속을 다 비운 텀블러의 바닥

살갗에 하나둘 피어나는 소금꽃
온갖 어두웠던 집념을 비워 낸 머리와 가슴도
이젠 다 하얗다

온몸을 휘감고 돌아 나온 신혼의
격한 힘겨움이
나의 마음속에 둥둥 아롱거린다

식탁의 기압

모처럼 둘러앉아 명절 앞둔 저녁 식탁에
애써 준비한 찌개랑 색채 가지런한 찬들
한입 모둠으로 연신 모락거리는 시장기를 달랜다
젓가락에 고정된 시선, 돌 씹듯 싸늘하다

갈수록 자신을 잃어 가는 노모
수일 전 치아 하나를 까치에게 돌려주고는
식욕이 없다 맛보는 시선이 냉하다
새 찬은 늘었지만 마음이 혓바늘처럼 허하다

나름으론 주방 가스 불에 분주히 간 맞추며
한껏 달아올랐던 아내, 온도 차가 생생 바람이 친다
뇌의 뉴런들이 요동친다 전기신호가 감지되고
심방 심실 혈액량도 늘다 줄다 안절부절 식탁의 기압이
높다

긴 시간 애정으로 몽실몽실 다져진 기류는
순간 뒤바뀌고 무등산 맑은 하늘의 양떼구름은 금세

일그러져 비 올 기세다 때아닌 장마전선에 회오리바람
나는 사이에 동굴이 된다 적막의 밤이 깊다

무선 이어폰

왼쪽은 나에게
오른쪽은 딸에게
정을 나눈 무선 이어폰

휴대폰이 부르는 신곡,
바지 주머니를 타고
허공으로 피어오르네

아무도 듣지 못하는
리듬에 흥을 돋우고
보폭을 넓히니

정원에 들어온 산바람
고막을 울리는 신바람
박자를 타네

국민청원

어찌하여
산이
움직이지 않을 수 있는가

지구가
지진
중

화마

치부까지 드러낸 솔방울이 강풍을 타고
도깨비 눈 번뜩이며 이 산 저 산을 날아오른다
어디서부터 뿔이 났는지 우두둑 뿌리째 뽑아
집어삼키는 듯 민심 이반의 삿대질에 고성이 오가는
틈을 타 활활, 불덩이 유성이 되어 꼬리를 물고

소방 헬기가 쏟아붓는 고육지책에
뿌연 연기는 스멀스멀 분이 풀리지 않아
억눌렸던 앙금, 깜박이며 기회를 엿본다
저기압을 딛고 태백산맥을 넘은 날쌘 양간지풍
타오르는 분노에 힘을 더한다

이 시대에 경종을 울리는 화마
이상 기온으로 휘어 버린 산허리에
변압기를 설치하여 압박골절이 되어 버린
몸살을 앓던 상처 안의 전기 스파크
식목일을 앞두고 잿빛 누더기가 된 집터

화상을 입은 강아지의 눈망울이
애처롭다
이제, 깜부기불은 서서히 눈을 감는다
건조해지는 세상에 언제 다시 점화의 벨이 울릴지
불안하기만 하다

용균이

빛을 굴절시키자
암흑을 물리치려는 듯 발전소 가동이 한창이다
어디선가 끼익거리는 평소와 다른 기계음에
고개를 내민다
태안 화력발전소 안의 컨베이어 벨트
석탄을 싣고 끊임없이 돌아가는 사이
부서진다 정지하지도 않고

해맑아 티 없던 얼굴
딸처럼 엄마를 닮아 일만 열심히 하던
말을 잘 듣던 아이
어느 날 앞만 보고 달리다 돌아오지 않았다
출근길에 흘러나온 어머니의 떨린 음성
아들이 눈에 선한 듯 이름을 부르며 눈물을 삼키자
거친 파도가 되어

섣불리 손대기 힘든 곳에서
깜깜한 석탄과 씨름하던 아이

얼굴은 숯칠로 범벅되어
슬픈 현실이 눈앞을 가린다

어찌하여 우는가

겨울비가 내려온다
아직 풀리지 않은 멍울의 무게
얼어붙은 마음이 슬픔으로 녹아내린다
점차 굵어진다 때아닌 여름이 온 듯
장마로 변해 가고
뼈에 사무친 울분이 우수수 떨어진다

눈물로 꽃을 피운 민주

마지막 순간까지 불의를 막아서며
온몸으로 저항했던 영혼들의 한이 승화되어
저 먼 하늘에서 구름의 결정체가 되었나니

오월의 정신을 상봉하고 싶었을까
매서운 된서리를 맞은 서러움의 고통을
이젠 낱낱이 해부하고 드러내어
촛불로 세운 민주 정부에서
5·18 진실을 파헤치고 싶었으리라

세찬 빗줄기

그날의 현장을 파고든다
5·18 민주 광장의 틀어 막혔던 분수대의 참상,
뚫렸던 전일빌딩의 총탄 흔적을 어루만지며
헬기 발포 명령의 주파수를 따라 거슬러
진상 규명을 위해 힘차게 쏟아붓는다

더 거세져도 좋다
더 굵어져도 좋다

검은 안개를 열어젖혀라
줄기차게 뚫고 나아가라
매섭게 날선 겨울의 물줄기가
거대한 검은 바위에 틈을 내고 쪼개어라
슬픔의 눈물을 거두어라
그리하여 겨울비여,

감격의 눈물을 흘려라

노트르담 대성당

첨탑이 무너진다 불길에 휩싸이는 지붕
망연자실 바라만 보았다 성모 마리아의 눈물
루이 7세의 지시로 180여 년의 세월 동안
프랑스 고딕 건축 양식으로 터를 잡은 역사의 흔적

왕가의 결혼식과 잔 다르크의 명예 회복을 위한
재판이 열리고 나폴레옹 1세의 대관식이 열렸던 곳
프랑스 대혁명을 겪으며 마음의 상처를
사랑으로 품어 안은 파리의 노트르담

한순간의 방심을 틈타
역사의 허리에 재를 남겼다
밀려오는 슬픔을 받아 주는 센강
인간의 부주의 어쩔 수 없었나

성벽을 지키고자 지구를 둘러싼 사랑의 손길
피에타 상이 슬픔과 감동의 눈물을 흘리고
어둠 속에서 십자가의 몸이 드러난다
부활절 성주간 첫날의 알 수 없는 불길

마음은 그대 곁에

비 내리는 폭풍 전야
바람 이는 나의 마음

약속 시간 늦을세라
떡잎 동동 편지 띄워

빨간 신호 밀어내고
파란 신호 외줄 탄다

가깝고도 먼먼 길에
잎자루를 늘어뜨려

잎사귀 위의 방울방울
물마 시워 당기네

바닷가에서

바닷가에서
그대를 보았네

나에게 보이지 않았던
아픔을

노랫가락에 실린
모래 속 물결 소리를

바닷가에서
그대를 보았네

눈물

나는
내가 읊는 걸 즐겼는데

그대는
그대가 가슴 깊이 아로새겨
되짚는구나

시詩

나를 숨기면
안 되나요
주변에 있는 사물이
다 나를
감쌀 것만 같아요

나를 숨기면
안 되나요
주변에 있는 사물이
다 나를 나만을
감싸 안고 돌아요

흙을 밟아 본다

허허로운 들녘에 간담을 드러낸 산등성이
야윈 낙엽은 겨울바람에 나뒹굴고
흰 눈 오간 데 없이 산들바람 슬며시 다가온다
춘하추동 배려 않는 포클레인 손놀림에

산새들은 겨울잠 자다 말고

밭두렁에 쌓여 있던 흰 눈 속의 발자국
한 걸음 한 걸음 따라가고
깊이 파일수록 정은 깊어 작은 신발이 쏘옥,
산기슭 거친 바람에도 눈은 마냥 즐거웠다

두메산골 하얀 능선에서 잔가지들 긁어모아
지게 탑을 쌓고 허리에 지푸라기 동여매어
겨울 썰매가 따로 있나, 산타가 따로 있나
아슬아슬 꽃구름에 매달려 눈꽃 타고 너울너울

꿈속을 헤쳐 나온 게 엊그제인걸

운암산을 옥조이는 아파트 단지에
동네 사랑채를 내어 준 서러운 흙을 밟아 본다

무등산 느티나무

풀 내음에 실린, 에너지가 되어 내려오는
웃음소리, 화창한 햇살에 반짝이고
응어리진 나뭇가지마다 고뇌는 낙엽이 되어
가만사뿐 내려앉는 늦가을에

흑백이 조화를 이룰 때까지
태양을 수백 번 돌려 감은 나이테
웃음을 잃었던 상처에 희망을 담아
사랑의 원소를 내어 주었지

별빛, 달빛이 흑암에 가리우고
보이지 않는 슬픔에 휩싸일 때
위로의 안식처가 된 오랜 느티나무는
치유의 손길 되어 잡아 주었네

무등산의 안테나가 되어
등산객의 불빛이 되어
쉼터를 내어 주고 그늘이 되어 주고

오늘도 그 자리를 지키고 있구나

생명에 대한 성찰과 불안의 시학

황정산 시인·문학평론가

　우리가 영위하고 있는 일상의 삶은 우리가 살아 있다는 것에 기반하고 있다. 그런데 사람들은 그 사실을 망각하고 살아간다. 우리의 몸도 그리고 그 몸의 유지를 위해 필요한 의식주의 대부분도 살아 있는 생명으로부터 왔다는 것을 우리는 의식하지 않으며 살고 있는 것이다. 그래서 생명의 소중함을 깨닫지 못하고 있다. 오늘 아침의 밥상과 내가 입는 옷 한 벌은 많은 사람들과 그 사람들이 기르고 가공한 뭇 생명의 도움이 있었기에 가능한 것이다.

　그런데 현대사회는 이 생명의 중요함을 끊임없이 잊고 살게 만든다. 우리가 살고 있는 환경이 인공의 삭막한 도시이기 때문이기도 하고 우리의 삶이나 우리가 이룩한 모든 일의 성취가 생명이 만들어 낸 유기물의 구체성에서 벗어나 있기 때문이다. 현대사회에서는 모든 것이 추상화되고 숫자화된다. 삶의 구체성은 숫자라는 지표로 환원된다. 나의 생명 활동과 노동은 움직인 칼로리 양과 노동 시간으로 바뀌고 결국은 화폐의 가격으로 표현된다. 그래서 우리는 나 아닌 다른 생명들이 우리의 생명을 살리고 있다는 생각 대신 숫자가 우리의 삶을 지탱하고 있다고 오해한다. 우리의 삶과 정신을 지배하는 것은 내가 살고 있는 아파트 평수이고 내가 받는 연봉의 액수이고, 이제는 아침 뉴스에 나오는 코로나 확진자의 숫자가 그것을 대신하고 있다.

박세영 시인의 시들은 이런 시대에 생명의 중요성을 다시금 일깨워 준다. 그가 의사라서 그런 것만은 아니겠지만 그의 시에서는 살아 있는 것에 대한 사랑과 생명에 대한 사유가 눈에 띄게 두드러진다. 그의 시는 우리가 일상에서 잊고 살고 있는 이 생명에 대한 진지한 성찰을 담고 있다.

산다는 것은 움직인다는 것이다. 그리고 그 움직임은 변화를 요구한다. 우리는 살아 있는 존재로서 그 움직임과 변화의 주체이기도 하다. 하지만 현대사회에서 소외된 개인으로서의 인간은 스스로 변화의 주체이기를 포기하거나 망각하면서 살고 있다. 인간이 만들어 놓은 거대한 사회구조와 그 안에서 만들어진 보이지 않는 조절 시스템이 우리의 의식과 행동과 삶의 방식마저 규정하고 조종하기 때문이다. 그래서 자신의 욕망마저도 "타인의 욕망을 욕망하는" 비주체적 삶의 방식을 택하며 살고 있다.

　다음 시는 이러한 삶에 매몰되어 있는 우리의 정신을 죽비처럼 내리친다.

　　새벽을 깨우는 이른 바람에
　　달린다 물소리 샘솟는다
　　곱상한 물의 일렁임 곧추 뜻을 펴고

　　햇살에 굳센 마음 다독여
　　둘레마다 푸른 희망을 두른 채
　　굴곡진 생을 펼쳐 나간다

　　눈부시게 반짝이는 물결의 찬란
　　끊임없이 흔들려도 골이 패여도
　　마음 고요하다 아랑곳지 않는다

　　　　　　　　　　　　　　　　　－「생(生)」 전문

　힘차게 흐르는 물소리를 떠올리며 삶의 희망을 느끼게

만들어 주는 작품이다. 시인은 흐르는 물을 바라보며 우리의 삶을 생각한다. 어떤 누구의 삶도 "눈부시게 반짝이는 물결의 찬란"만이 있는 것은 아니다. 누구나 흔들리고 골이 패이는 "굴곡진 생"을 살아간다. 하지만 모든 생명의 원천인 "햇살에 굳센 마음 다독"이며 새로운 희망으로 마음의 고요를 회복하고 삶의 의지를 다져 나가기를 소망하고 있다. 거기에 삶의 지혜가 있고 그것을 통해 생명의 의지가 발현되고 있음을 얘기하며 우리의 의식을 일깨운다.

우리의 희망이 생명의 역동적인 힘에서 나오듯이 반대로 모든 절망과 슬픔은 이 생명의 소멸에서부터 발생한다.

붙임줄과 이음줄 쉼표 따라
앞서거니 뒤서거니
숲속의 거친 숨소리가 솔바람을 타고
가파른 길을 오른다

발자국은 서로를 듣지 못하고 멀어진다
폐활량 따라
에너지 대사량 따라
푸르디푸른 댓잎과 솔잎 사각댄다

응원하던 숲속 노란 단풍의 고요
생명의 유선을 파고든 침입자의 괴멸에
붉은 눈물을 떨군다
변형된 세포로 뒤틀린 우울한 매듭

질병의 종점에 다가선
인내의 발자국
세포벽을 뚫고 독성을 남긴
눈물 위를 걷는다

―「세포벽을 뚫고」 전문

  병으로 삶과 죽음의 경계에 선 누이를 바라보며 쓴 작
품이다. 한 가닥 남은 생명이 죽음을 앞에 두고 벌이는 사
투를 실감 나는 이미지와 비유로 보여 주고 있다. 그런데
시인은 생사를 넘나드는 환자의 상태를 모두 자연 속 생
명체들의 모습으로 바꾸어 표현하고 있다. "거친 숨소리
가 솔바람을 타고"나 "푸르디푸른 댓잎과 솔잎 사각댄다"
같은 표현이 바로 그것이다. 이러한 표현을 통해 시인은
병원에서 여러 인공 장치를 통해 생명을 지속하고 있는
환자를 더 큰 자연이라는 생명의 품에 안기게 하고 거기
에 신성한 생명의 힘을 부여하는 일종의 주술을 행하고

있다. 비록 그것으로도 "우울한 매듭"을 풀지 못하고 "새 포벽을 뚫고 독성을 남긴" 병을 극복하지 못하더라도 우리 모두는 대자연 속의 하나임을 자각하며 그 고통을 받아들이고자 한다.

　이러한 생명에의 위협에 직면한 슬픔과 우울한 정조는 최근 우리 사회에 큰 우려를 주고 있는 코로나 사태를 다룬 연작들에서 좀 더 분명하게 드러난다.

　　　수학 시간
　　　코로나19 바이러스가 만든 교실
　　　한 명의 확진자는 또 다른 확진자를 낳고
　　　격리자의 수와 함께 날짜별로 증가한다
　　　산술적 직선에서 수학적 곡선으로 옮겨 가며
　　　기하급수적 그래프를 보였다
　　　바이러스 입자가 인간에게 침투하여
　　　기생충도 아닌 것이 기생하다
　　　복제 능력을 발휘한다 순식간에
　　　지구를 지배하는 전투력이 압권이다
　　　보이기라도 하면
　　　권투, 태권도, 합기도 등등의 유단자들이
　　　한 방 날려 주고 싶건만 보이지 않는

뿔 달린 머리채를 꺼두르러

전자현미경으로 보듯 쳐들어간다

항바이러스 치료제를 싣고 보이지 않는

나노 입자의 스텔스 전투기로 변신하여

모세혈관으로 잠입한다

눈에는 눈, 이에는 이

코로나 은신처의 세포에 투하한다

그래프의 전세는 한풀 꺾이고

곤두박질친다

제일 중요한 숫자를 보여 준다

환자도 질병도 없는

어둠의 존재가 사라지는 소중한 순간을

−「숫자 0」전문

코로나는 인간과 마찬가지로 생명체이다. 하지만 그것은 생명을 파괴하는 반생명체이기도 하다. 그것은 생명이면서 생명을 부정하는 "어둠의 존재"이다. 그런데 이 시에서 중요한 것은 제목이 "숫자 0"이라는 점이다. 물론 그것은 코로나가 완전히 사라져 확진자가 0으로 표현되는 것을 기다리면서 붙인 제목이다. 하지만 생명을 다루면서 그것을 0이라는 숫자로 표현한 것은 생각해 볼 필

요가 있다. 이 시에서는 숫자뿐만 아니라 생명과는 대비되는 파괴적인 폭력적인 이미지들이 다수 등장한다. "전투력", "스텔스 전투기" 등이 그것이다. 그리고 생명은 오직 숫자와 그래프로 연명된다. 시인은 이런 표현을 통해 코로나의 문제가 바로 여기에 있다는 것을 알려 준다. 코로나가 과학의 발전에 의한 자연의 파괴에서 왔듯 그것이 몰고 온 파장 역시 추상화된 과학의 질서 속에서 우리의 생명을 좀먹고 있는 것이 아닌가 하는 시인의 우려와 슬픔이 이런 단어들에 새로운 내포적 의미를 부여하고 있다.

다음 시에서는 이 점이 더욱 분명해진다.

꼬리를 문다
생태계 먹이사슬의 최정점에 있는 인간이
무엇을 하고 있는가

이른 새벽 약국 앞에서 줄을 선다
끼니보다 더 중요해진 마스크 구입을 위해
일차 방어를 위해

1인 2매만 드려요

황사가 하늘의 지붕을
두 쪽으로 갈라놓았을 때에도 찾았던 마스크
대유행을 일으켰다

바이러스가 변이와 복제를 할 때마다
마스크도 KF80, KF94로 대응한다
이젠 필수품이 되었다

행여나 숨어 있을
비말 안의 코로나 바이러스를 의식하며
패션이 된 마스크를 쓰고

손등을 내민다 접촉감염을 차단하고자
보이는 주먹, 닿을락 말락
지역사회감염으로 인한 또 다른 풍속

-「1인 2매」 전문

코로나로부터 우리를 보호하고 우리의 생명을 지키기
위해 우리는 마스크를 써야 하지만 그 마스크는 1인 2매
라는 숫자의 규정 속에 갇혀 있다. 우리의 생명도 바로 이

숫자에 저당잡힌 형국이다. 우리의 생명을 살린다는 마스크마저도 "KF80, KF94"로 차별화되어 있어 숫자가 우리 생명의 확률마저 규정하고 있다. 코로나가 우리에게 우울함을 가져오는 것은 비단 그것이 전염병이기 때문만은 아니다. 그 전염병이 우리의 삶을 바꾸고 우리의 삶을 더 추상적으로 만들고 우리의 삶을 숫자로 환원하여 삭막한 세계로 몰고 가기 때문이다. 이렇게 숫자로 계량되는 생명을 부지하는 우리는 살아 있어도 살아 있는 것이 아니다.

이러한 삭막한 현실 속에서 몽골의 자연을 추억하고 다시 소환하게 되는 것은 전혀 우연은 아니다.

끝없는 푸른 초원
풀을 뜯는 말과 양 떼들이 어슬렁어슬렁
몸을 흔들며 쌓인 긴장을 턴다
하얀 모자 눌러쓰고 허리띠를 조른
게르 안의 원형 불빛 아래
잠에서 깨어나 허기가 진

난로가 밤 추위를 녹이려
마른 장작더미를 한입에 머금고
타오르는 욕망을 지붕 위로 내뿜는다

타닥거리는 불덩이 속의 감자
두꺼운 은빛 외투를 벗으며
굳어진 마음을 풀어낸다

어둠이 품은 빨간 마음의 게르
하늘에 숨어 있던 별들은 구름 사이로
얼굴을 내밀기 시작한다
보초를 선 가로등이 눈빛을 보내자
게르에서 새어 나온 빨간 불빛은
아무도 보지 않는 틈을 타

별빛과 손을 잡는다
이제 빛의 세상이다
별빛, 불빛, 눈빛
밤하늘을 수놓은 은하수는
초원을 밝히는 게르 캠프와 맞닿아
덩실덩실 춤을 춘다

- 「춤추는 몽골 게르」 전문

이 시에서 춤은 생명의 춤이다. 그것은 살아 있다는 증
거이고 살아 있는 것들의 축제이다. 시인은 몽골에 와서

비로소 그것들을 확인하고 또한 그 안에서 하나가 된다. 몽골의 푸른 초원에서는 세상을 가르는 경계도 없고 숫자로 환원되는 계산도 존재하지 않는다. 초원과 밤하늘과 그 속에서 빛나는 별빛이 나의 눈빛이 되고 삶을 밝히는 불빛이 된다. 그리고 그것들이 어울려서 거대한 생명의 힘을 보여 주는 어떤 울렁임으로 나타난다. "덩실덩실 춤을" 추는 것은 바로 그런 생명력의 역동적인 움직임이다.

그런데 이 시에서 눈여겨봐야 할 대목이 있다. 그것은 시인이 구사한 독특한 연 구성 방식이다. 보통 시에서 연 구성은 큰 통사적 분절이나 의미상의 단절이 있을 때 이루어진다. 작은 의미 단위의 분절은 행으로 구분하고 큰 의미 단위의 분절은 연으로 구분하는 것이 일반적이다. 하지만 이 시에서의 연 구성은 그것을 무시하고 있다. 1연과 2연 사이에는 수식어와 피수식어 사이에 연이 구분되어 있고 3연과 4연 사이에는 종속절과 주절 사이에 연이 구분되어 있다. 시인은 이것으로 무엇을 의도하고 있는 것일까? 그것은 몽골에서 느낀 생명에의 환희가 규격화되지 않고 인위적인 분절을 타고 넘는 에너지의 자연스러운 흐름이라는 것을 보여 주기 위한 것이 아닐까 추측해 볼 수 있다. 시인의 타고난 언어 감각을 엿볼 수 있는 부분이다.

다음 시에서도 시인의 이런 섬세한 언어적 감각을 확인해 볼 수 있다.

암흑에 갇힌 대지를 거두어
찬란한 오색의 골
물길을 만든다
비가 거세면
보란 듯이
감싼다
더욱
흰

－「시무지기 폭포」 전문

시인은 폭포의 모습을 언어로 보여 주면서 동시에 글자들의 형상으로도 폭포의 이미지를 표현하고 있다. 시행의 구성을 역삼각형으로 구성하여 역동적인 폭포의 움직임을 느끼게 만들어 준다. 이러한 이미지 표현은 박세영시인의 시적 세계를 형성하고 있는 생명 의식과도 밀접한관계를 맺는다. 생명은 움직이는 것이고 한시적인 것이다. 그래서 불안하다. 그것은 언제든지 시효를 끝내 살아있게 하는 힘을 상실할 가능성을 가지고 있다. 그러므로 모든 생명은 불완전하고 위태로운 것이다. 폭포는 그런 생명의 위태로움과 그 위태로움에서 만들어지는 힘을 상징한다. 이 위태롭고 불안한 긴장감이 박세영 시인의 시적 미학을 형성하고 있다.

그런데 이런 불안한 긴장감은 어디에서 기인하는 것일까? 아직 그의 시 세계가 완성되지 않아 단언할 수는 없지만 그것은 우리 사회의 부조리나 차별을 바라보는 그의 시선에서 기인하고 있다고 할 수 있다.

겨울비가 내려온다
아직 풀리지 않은 멍울의 무게
얼어붙은 마음이 슬픔으로 녹아내린다
점차 굵어진다 때아닌 여름이 온 듯
장마로 변해 가고
뼈에 사무친 울분이 우수수 떨어진다

눈물로 꽃을 피운 민주

마지막 순간까지 불의를 막아서며
온몸으로 저항했던 영혼들의 한이 승화되어
저 먼 하늘에서 구름의 결정체가 되었나니

오월의 정신을 상봉하고 싶었을까

매서운 된서리를 맞은 서러움의 고통을

이젠 낱낱이 해부하고 드러내어

촛불로 세운 민주 정부에서

5·18 진실을 파헤치고 싶었으리라

—「어찌하여 우는가」부분

시인은 5·18의 진실과 그것의 의미도 아직 미완성임을 말하고 있다. 세월이 지나고 권력이 바뀌어도 그것의 진실은 아직 드러나지 않고 그때 사라져 간 청춘들의 원한 역시 아직 남아 있다. 지금 우리가 살고 있는 자연 속에서도 그들의 한이 남아 비로 구름으로 꽃으로 다시 태어나고 있다고 시인은 믿고 있다.

노동자 김용균의 죽음을 얘기한 다음 시에서는 이러한 목소리가 한결 더 격앙되어 있다.

빛을 굴절시키자

암흑을 물리치려는 듯 발전소 가동이 한창이다

어디선가 끼익거리는 평소와 다른 기계음에

고개를 내민다

태안 화력발전소 안의 컨베이어 벨트
석탄을 싣고 끊임없이 돌아가는 사이
부서진다 정지하지도 않고

해맑아 티 없던 얼굴
딸처럼 엄마를 닮아 일만 열심히 하던
말을 잘 듣던 아이
어느 날 앞만 보고 달리다 돌아오지 않았다
출근길에 흘러나온 어머니의 떨린 음성
아들이 눈에 선한 듯 이름을 부르며 눈물을 삼키자
거친 파도가 되어

섣불리 손대기 힘든 곳에서
깜깜한 석탄과 씨름하던 아이
얼굴은 숯칠로 범벅되어
슬픈 현실이 눈앞을 가린다

－「용균이」 전문

　김용균의 죽음은 우리 사회의 많은 것을 상징적으로 보여 준다. 오직 효율성과 경제성만을 추구하는 기업은 가능한 한 싼값에 노동력을 착취하기 위해 하청과 재하청의

기형적 노동시장을 만들고 그 안에서 희생된 그는 죽음마저도 비정규직의 차별을 당할 수밖에 없는 것이 지금 우리의 현실이다. 시인은 그런 그의 죽음에 사회학적 의미를 부여하기보다는 그의 삶이 보여 주는 슬프고도 아름다운 한 단면을 보여 줌으로써 그의 죽음이 한 세계의 소멸임을 우리에게 역설하고 있다.

이렇듯 박세영 시인의 시들이 보여 주는 생명은 우리 사회에서 끝없이 반생명을 향해 나아가는 우리의 어두운 역사와 현실에 대한 저항이고 거기에 대한 불만과 불안의 표현이다. 하지만 시인은 절망하지 않는다. 이러한 불안함을 떨치고 세상을 평정하고 변화시킬 더 큰 힘의 존재를 포기하지 않고 있기 때문이다.

> 잔잔한 LED 물결이 거세게 널뛴다
> 하늘을 지배하던 폭염도 다가오는
> 가을 앞에 무릎을 꿇었다
>
> (중략)
>
> 은빛 돔이 뜀틀 위를 돌며 착지하듯 이리저리
> 끝없이 휘젓고 바닷속 흙모래까지 뒤집은

앙금은 성난 파도에 부서진다

세상을 평정한 타파
앞서거니 뒤서거니 올망졸망 따라오는
산고, 가을바람을 낳았다

-「오동도 앞바다」 부분

　"타파"라는 가을 태풍의 이름처럼 지금의 모든 불안과
격변은 세상을 평정하고 결실의 가을바람을 낳을 "산고"
임을 시인은 확신하고 있다. 어쩌면 그의 시집에 적힌 한
자 한 자가 모두 세상의 어둠으로 만들어진 고통의 언어이
지만 결국은 그것을 몰아내고 새로운 세상을 창조해 가는
산고의 과정임을 나는 믿어 의심치 않는다.

박세영

강원도 횡성에서 태어나 빛고을 광주에서 성장했다. 조선대학교 의과대학과 한림대학교 대학원을 졸업했다. 내과 전문의로서 광주광역시에서 개원하였으며 2019년 『시와문화』로 등단하여 시집 『날개 달린 청진기』를 펴냈다. 한국작가회의 회원 및 광주전남작가회의 회원으로 활동 중이다.

e-mail｜psy6749@hanmail.net

바람이 흐른다

초판1쇄 찍은 날 ｜ 2020년 10월 15일
초판1쇄 펴낸 날 ｜ 2020년 10월 26일

지은이 ｜ 박세영
펴낸이 ｜ 송광룡
펴낸곳 ｜ 문학들
등록 ｜ 2005년 8월 24일 제2005 1–2호
주소 ｜ 61489 광주광역시 동구 천변우로 487(학동) 2층
전화 ｜ 062-651-6968
팩스 ｜ 062-651-9690
전자우편 ｜ munhakdle@hanmail.net
블로그 ｜ blog.naver.com/munhakdlesimmian

ⓒ 박세영 2020
ISBN 979-11-86530-95-5 03810